Para a Wandy, Lueji e Tchiene.
Para o Lino e Yano.

«Nuvens deslizam, despetaladas,
e altas, altas,
garças brancas planam.»

[João Guimarães Rosa, «Amanhecer», *Magma*]

Ondjaki
Nasceu em Luanda em 1977 e é licenciado em Sociologia.
Publicou contos, poesia e romances, e a sua obra está traduzida
em várias línguas. É detentor de diversos prémios literários.
Publicou já várias obras para o público infantil.

Danuta Wojciechowska
Nasceu no Québec (Canadá) em 1960. Vive e trabalha
em Lisboa desde 1984, e ilustrou já dezenas de livros.
É uma das mais reconhecidas e galardoadas ilustradoras
portuguesas.

Título: O Voo do Golfinho | Texto: Ondjaki | Ilustração: Danuta Wojciechowska | Revisão: Clara Boléo | Design e paginação: www.lupadesign.pt • Raquel Castelo
Fotografia das ilustrações: Paulo Andrade | Texto © Ondjaki, 2009 | Ilustração © Danuta Wojciechowska, 2009 | Tiragem: 1000 exemplares | Impressão e acabamento: CEM
Uma edição fora do comércio e em formato menor foi anteriormente publicada.
3.ª edição: maio de 2015 | Depósito Legal n.º 393 242/15 | ISBN 978-972-21-2071-5
Editorial Caminho, uma editora do Grupo Leya | R. Cidade de Córdova, n.º 2 | 2610-038 Alfragide | www.caminho.leya.com

O voo do Golfinho

a partir de uma ideia
de Danuta e Ondjaki

texto
Ondjaki

ilustração
Danuta Wojciechowska

3.ª edição

*For Jenna
this flight of
dolphins and
birds.
♡ Danuta
2016
Toronto*

CAMINHO

Chamo-me **Golfinho**
mas agora também me chamo **Pássaro**.
Tenho uma pequena estória para contar.
Sentem-se que eu vou começar.

Cresci no **mar**, a brincar, com outros golfinhos.
Gostava de nadar, de sorrir e até já gostava
de **voar**. Os meus amigos diziam que eu tinha
um bico diferente.
O que seria um **bico diferente**?

Eu nadava com muita velocidade e **adorava saltar**.
«Vês?», disse-me outro golfinho, «já saltas como um pássaro.»

Certo dia, estava o mar muito liso,
dei um salto enorme
e nesse momento
vi o meu corpo espelhado na água.

O meu bico parecia o bico de um pássaro.
Também o meu corpo.
Também o meu olhar.

Voltei a mergulhar e senti uma grande alegria.
A alegria era uma coisa bonita
que sentia no meu coração.
Era bonita porque me fazia voar.

Eu tinha um corpo diferente!

Com alegria
fiz adeus aos golfinhos
e fui brincar perto das nuvens.
Lá encontrei muitos **pássaros diferentes.**

«Tu **sempre foste** pássaro?»,
perguntei a um deles, muito colorido.
«Não. Eu era uma **serpente**
mas sempre quis ser pássaro.»

Outro tinha sido **canguru**
outro tinha sido **camaleão**
outro tinha sido **gato**.

Agora voamos juntos.
Somos o Bando da **Liberdade**.

Um bando de pássaros que eram
outros bichos e que sempre
desejaram voar.
Pássaros de todas as cores:
livres a cantar
livres quando
nos apetece sonhar.

Esta é a estória de como eu era Golfinho
e **aprendi a ser Pássaro**.

Agora vou apreciar do alto
as cores do verão
vou ficar quieto
escutando **a voz do meu coração**.

Mas deixo-vos um segredo:
Hoje sou um pássaro
mas sempre que me apetecer
amanhã ou depois
um golfinho volto a ser.